PORTULAN DE CHARLES-QUINT

<small>DONNÉ</small>

A PHILIPPE II

TIRÉ à CENT EXEMPLAIRES

PORTULAN DE CHARLES-QUINT

DONNÉ

A PHILIPPE II

ACCOMPAGNÉ D'UNE NOTICE EXPLICATIVE

PAR

MM. F. SPITZER ET CH. WIENER

PARIS

IMPRIMERIE DE J. CLAYE, RUE SAINT-BENOIT

1875

AVANT-PROPOS

ᴇ présent travail ne vise point à l'érudition.

Il nous a paru, pendant que nous rédigions le catalogue raisonné de la collection Frédéric Spitzer, que le *Portulan*, que nous soumettons aujourd'hui au lecteur, présentait un intérêt tout particulier[1]. Nous avons donc cru devoir, par quelques recherches, nous renseigner consciencieusement sur son origine, sur la place qu'il occupe dans

---

[1]. M. Wallon, ministre de l'Instruction publique, des Cultes et des Beaux-Arts, dans le discours qu'il prononça dans la salle des États le 11 août 1875, à l'occasion de la distribution des récompenses de l'Exposition internationale des sciences géographiques, s'exprima dans ces termes sur le *Portulan*, qui figurait dans la salle d'honneur de l'empire d'Autriche-Hongrie : « L'Autriche-Hongrie a exposé son *Portulan* de Philippe II et ses collections d'instruments astronomiques et mathématiques tout à fait hors ligne.

l'histoire de la géographie, sur le rang qu'on peut lui assigner dans la cartographie et, ainsi, le faire connaître à nos lecteurs qui pourront apprécier la valeur artistique de l'exécution.

Au cours de ce travail, nous avons pris des notes que nous publions dans l'espoir qu'elles pourront fournir aux hommes de science certaines données, sinon neuves, au moins peu connues.

Ces quelques pages constituent une notice explicative qui vient s'ajouter à l'un des paragraphes de notre catalogue, et, si elles présentent la substance d'un article de fond, elles n'en ont ni la forme ni les prétentions.

DE L'ORIGINE

ET

DE LA VALEUR DU PORTULAN

ET DE LA VALEUR DU PORTULAN

E *Portulan* dont il s'agit est connu en bibliographie géographique sous le titre d'*Atlas de Philippe II dédié à Charles-Quint.*

Avant de faire partie de la collection Spitzer, les cartes avaient passé de main en main, toujours accompagnées d'une notice historique, dans laquelle, par une argumentation sérieuse en apparence, Philippe II était présenté comme l'auteur probable de l'ouvrage.

Ennemis absolus de cette méthode qui consiste à chercher aux objets rares une origine capable d'en rehausser la valeur, nous tenons à bien établir, d'une part, en quoi cette œuvre curieuse appartient à l'histoire, de l'autre, à démasquer les faux arguments d'une science complaisante.

2

Nous lisons, sur la première page, l'inscription suivante :

PHILIPPO CAROLI
Aug. F.
OPTIMO PRINC.
PROVIDENTIA.

Sans grands efforts d'érudition nous pouvons interpréter cette dédicace, et en conclure que, si la Providence donna un hémisphère à Philippe, fils de Charles-Quint, l'atlas, qui retrace précisément les contrées soumises au sceptre du futur roi, dut être le cadeau de Charles à son fils. Cela est d'autant plus vrai que la légende n'est que l'explication du grand médaillon qui se trouve sur la première feuille.

En effet, la date de la confection du *Portulan* coïncide avec les années d'étude du jeune prince[1], et le millésime de l'atlas se trouve, de plus, parfaitement déterminé par le grand vide qui, sur la carte de l'Amérique, sépare le Pérou du cap Horn.

---

1. Nous avons aussi voulu consulter des autographes de Philippe II ; et, grâce à l'obligeance de M. Ferdinand Denis, nous avons pu prendre connaissance des pièces curieuses qui, avec la collection Geoffroy Saint-Hilaire, ont été données à la Bibliothèque nationale. L'écriture du roi Philippe II y est très-lisible, mais elle est loin d'être belle, tandis que les caractères du texte de l'atlas sont remarquablement élégants et réguliers.

Le Cap a été connu depuis la circumnavigation de Magellan, en 1521, et se trouve indiqué, sur tous les travaux géographiques postérieurs à cette date, tels que le globe portant le n° 1496 de la collection Spitzer et la projection de la terre dressée par Vespucci.

Le Pérou n'étant devenu province espagnole qu'en 1538, le pays ne put être étudié avant cette époque. — Le Chili n'a guère été connu après l'expédition d'Almagro, il l'a seulement été, d'une façon suffisante, à partir de l'expédition de Valdivia, en 1540.

Le *Portulan* date, par conséquent, de 1539.

Philippe II, né en 1527, avait alors douze ans, époque où le célèbre cosmographe portugais Santa-Cruz, guide excellent pour des travaux de cette nature, fut son maître[1].

Au Louvre, sous le n° 891, nous voyons un portrait de ce prince. Bordone (1500 à 1570)

1. M. Ferdinand Denis, bien compétent en pareille matière, ne craint pas d'affirmer que Santa-Cruz, géographe de Philippe II, était, avec Pedro Nuñez, l'homme le plus habile de son temps. Le savant Berthelot le considère comme l'auteur d'un magnifique atlas, qui, il y a quelques années, se trouvait à Paris entre les mains du colonel Theubet. Cet atlas, qui portait le nom de Philippe II, indiquait déjà très-nettement les découvertes de Magellan. Selon MM. Denis et Berthelot, Santa-Cruz, pour le faire, se serait transporté à Lisbonne, et là il aurait eu de fréquentes entrevues avec Pedro Nuñez, qui lui aurait communiqué secrètement les cartes (*as cartas de navigar*) renfermées à la *contractacaõ da Casa da India*, et que l'on communiquait seulement aux capitaines en partance qui les réintégraient à leur retour.

le représente avec les dehors d'un enfant de dix à douze ans, la main posée sur un globe.

Dans l'idée du peintre, ce globe représentait-il la toute-puissance du futur roi ? Cela n'est guère probable.

Charles-Quint était jeune encore, il n'avait que trente-neuf ans ; c'était lui le maître tout-puissant, et, d'ailleurs, depuis 1531, son frère Ferdinand, reconnu roi des Romains, devait lui succéder à l'empire. Philippe II ne pouvait donc plus hériter de toute la puissance de son père, et il est à supposer que Bordone plaça un globe sous la main de Philippe comme le sculpteur met une épée dans la main du héros, comme le peintre place un livre dans la main de l'érudit ou un compas dans celle du mathématicien.

Sur la toile du peintre italien, le globe est, par conséquent, le symbole d'une étude favorite et vient confirmer l'hypothèse que l'atlas devait être destiné à Philippe[1].

Une autre considération viendrait encore nous indiquer la destination, sinon l'auteur de

---

1. Philippe II s'efforçait d'attacher à sa personne les géographes les plus remarquables de son époque. Ortelius, né dans la même année que Philippe II (1527), succéda à Santa-Cruz dans la dignité de géographe du roi. C'est lui qui, en 1570, publia à Anvers le premier Atlas connu sous le titre *Theatrum orbis terrarum;* en 1578, le premier dictionnaire géographique, intitulé *Synonymia geographica;* et enfin, en 1595, ses *Theatri orbis terrarum parergon sive Veteris geographiæ tabulæ.*

l'atlas. Un, simple savant n'avait, en effet, au milieu du xvie siècle, aucun des documents nécessaires pour faire ce travail; les maîtres de nations conquérantes, telles que l'étaient les Espagnols, les Portugais, les Génois et les Vénitiens, gardaient, comme nous l'avons dit plus haut, avec une prudente réserve et un soin jaloux, tous les renseignements relatifs à leurs découvertes.

C'est à peine si, même vers le milieu du xviie siècle, l'on trouve des atlas comparables à celui qui nous occupe. Les rares spécimens du xvie siècle sont remplis, surtout pour les pays nouvellement découverts, d'un nombre considérable de fautes des plus graves.

Il n'existe pas de doute sur le fait, que ces fautes aient été souvent volontaires, et cela dans le but d'induire en erreur les nations rivales. Bien qu'il n'entre point dans le cadre de notre travail de faire le relevé des inexactitudes des différents atlas que l'on publiait pendant le xviie siècle, nous renvoyons cependant le lecteur aux travaux d'Ortelius, dans lesquels il pourra constater de telles déformations des côtes que des points très-importants se trouvent parfois déplacés de plusieurs degrés.

D'un autre côté, nous avons déterminé, sur notre manuscrit, une série de points géographiquement importants.

Nous avons comparé la position de ces points à celle que leur assigne la géographie de notre époque, et nous devons constater que l'exactitude des tracés de ces cartes du xvie siècle est surprenante.

Les caps sont placés, sans exception, sous leur latitude et leur longitude vraies, et les rivages, parfois tracés au hasard de la plume, répondent dans leurs contours généraux aux exigences de la science moderne.

Ayant déterminé la valeur du *Portulan,* après avoir écarté les hypothèses sans fondement que l'on avait forgées sur son origine, nous exposerons rapidement notre sentiment sur les auteurs probables de ce travail.

Chaque peuple a son écriture comme il a son génie propre, et cette écriture est une des expressions les plus vraies de l'esprit général des générations qui se succèdent. Cependant, s'il y a une sorte d'uniformité dans les différentes écritures, l'individualité de l'homme se révèle dans les détails des caractères qu'il trace sur le papier.

Quant au caractère général de l'écriture, du coloris et même de l'ensemble du travail, il vient à l'appui de nos assertions; car nous avons trouvé à la Bibliothèque nationale, dans une série de planches très-curieuses, dressées sur une plus grande échelle, une ressemblance telle avec les cartes de notre *Portulan* qu'on serait en droit de leur assigner une même origine. Ainsi

nous avons été surtout frappés par les cartes suivantes : n°s 140, 164, 166, littoral de la Médi-
terranée ; n° 162, côte du Brésil ; n° 165, littoral de l'Europe et du nord de l'Afrique.

Quant au caractère particulier, ou plutôt individuel de l'écriture, nous le retrouvons sur un
Portulan que M. de Becker, directeur de la bibliothèque particulière de l'empereur d'Autriche, a
bien voulu mettre sous nos yeux.

Ce *Portulan*, un des plus beaux de cette riche bibliothèque, se compose du même nombre
de planches que le nôtre ; mais là nous ne retrouvons ni les feuilles ornées d'armes et de
portraits, ni les cadres qu'une main d'artiste a dessinés autour du *Portulan* de Charles-Quint ;
sur la mappemonde seule nous retrouvons les têtes des dieux des vents, mais là ils ne repré-
sentent plus les différentes races avec leur couleur passant du blanc au noir, ou bien, d'après une
autre interprétation, les heures du jour, du crépuscule et de la nuit.

Grâce à l'obligeance du premier paléographe de l'Autriche nous pouvons, sinon désigner le
nom, du moins déterminer avec quelque certitude l'origine de l'auteur de ces deux travaux, qui,
nous ne saurions en douter, sortent d'une même main.

Pendant les siècles qui ont précédé et suivi la confection de *Portulans* semblables à celui qui nous occupe, l'île Majorque a été le centre de la navigation commerciale de l'époque[1]. Les habitants de cette île, pilotes très-renommés, sont, — M. de Becker a des raisons très-sérieuses pour le croire, — les auteurs des meilleurs *Portulans* du temps.

En effet, les *Portulans* d'origine italienne ou espagnole, portugaise ou hollandaise, sont parfois bien plus développés, mais souvent moins exacts, moins précis, moins pratiques et moins faciles à manier que ces superbes travaux sur parchemin sous forme de livres, de petites cartes murales ou de simples rouleaux.

De plus, le dialecte catalan remplace, sur nos cartes, pour un nombre considérable de noms géographiques, l'espagnol pur de l'époque, dont se serait servi l'auteur madrilègne ou l'élève des universités si florissantes de la Péninsule.

Nous sommes étonnés de trouver, pour l'indication de vastes contrées, les termes latins dont les moines aimaient à se servir; et il paraît probable, malgré l'aversion manifestée pendant si longtemps par eux pour les études géographiques, qu'un nombre considérable de vrais calli-

---

1. Voir, pour tous renseignements relatifs à l'histoire du développement de la navigation, l'ouvrage malheureusement aussi rare que précieux et instructif de MARTIN FERNANDEZ NAVARRETE, *Sobre la Historia de la Nautica y de las Ciencias matematicas*, Madrid, 1846, un vol. in-8°.

graphes travaillaient dans les couvents comme copistes sous la direction d'un marin expérimenté, qui, souvent avec une encre différente, marquait les points importants ou, retraçait après coup, et parfois avec une écriture moins parfaite, les points nouvellement découverts du globe.

Tels sont donc, d'après les études personnelles de M. de Becker, les auteurs probables de ce *Portulan*, auteurs qui survivront dans ces œuvres vraiment extraordinaires par une valeur relative hors ligne et une valeur absolue très-remarquable [1].

1. M. Major du British Museum croit reconnaître dans l'écriture la main des fameux Agnesi. Sans nous ranger à cet avis nous en prenons note, car il émane d'un savant dont la parole est écoutée par tous ceux qui le connaissent et qui apprécient la valeur de cet ingénieux et infatigable travailleur.

3

DE LA

MÉTHODE CARTOGRAPHIQUE

OBSERVÉE

PAR L'AUTEUR

DE LA MÉTHODE CARTOGRAPHIQUE

OBSERVÉE PAR L'AUTEUR

 ORSQU'ON juge un ouvrage scientifique quelconque, c'est toujours sur son importance relative et jamais sur sa valeur absolue qu'on fonde un avis raisonné.

La science perdant toute valeur dès qu'elle s'immobilise, le meilleur ouvrage ne doit prétendre qu'à être le meilleur de son époque; il doit marquer un progrès, et ne peut être la perfection d'une chose indéfiniment perfectible.

Une fois fixé sur l'origine de l'ouvrage, nous étions donc en droit de croire que ce manuscrit présenterait tous les caractères de cette perfection relative, le maître de la chrétienté devant au moins connaître de la façon la plus complète un monde sur lequel il versait *lucemque metumque*.

Dans son histoire de la géographie, Malte-Brun termine l'étude des travaux qui ont précédé le xixᵉ siècle par un aperçu frappant dans sa précision et sa brièveté.

« Cette esquisse historique des progrès de la géographie, dit-il, serait incomplète si elle n'indiquait pas les révolutions qui, depuis le xvᵉ siècle, ont amené les méthodes scientifiques au point où elles se trouvent aujourd'hui.

« Colomb et Vasco de Gama, en franchissant les bornes chimériques qui avaient arrêté le génie des anciens, renversèrent tout d'un coup les systèmes de Ptolémée, de Strabon et des autres géographes de l'antiquité. Magellan acheva de persuader, même à la multitude, que la terre est un globe. N'oublions point que, dans ce grand siècle, les Copernic, les Tycho-Braché et les Galilée perfectionnèrent cette science qui soumet les corps célestes aux calculs de l'homme. Le télescope, en rapprochant de notre faible vue les étoiles les plus éloignées, fournit le moyen de déterminer, avec plus de précision, la position des lieux sur notre globe. Dès lors les énormes erreurs de Ptolémée, seul guide des voyageurs au moyen âge, frappèrent tous les yeux [1]. Il fallut absolument que la géographie changeât de face. Les mappemondes des frères Appian et celle bien plus intéressante de

1. Consulter Lelewel (tome II, pages 124 à 126) sur les inconvénients et les avantages de la rénovation de la géographie du moyen âge sous l'influence de Ptolémée.

Ribeiro représentèrent les premières, l'hémisphère nouvellement découvert. Gemma Frisius en publia une très-complète pour cette époque. Trois géographes célèbres se distinguèrent dans le XVIe siècle : le laborieux Sébastien Munster que ses contemporains comparèrent à Strabon; l'érudit Ortelius, celui des prédécesseurs de d'Anville, dans la géographie ancienne, qu'on peut encore consulter avec le plus de fruit; enfin Gérard Mercator qui, par son édition de Ptolémée, démontra l'extrême imperfection des systèmes des anciens et en provoqua l'abolition. C'est du temps de Mercator que date la géographie moderne. Le XVIIe siècle continua l'édifice. Chaque jour vit disparaître quelque fable ou naître quelque vérité... »

« L'extérieur même des cartes, vers la fin du XVIIe siècle, devint moins bizarre; on ne vit plus de monstres marins nager sur les mappemondes, au milieu des îles qu'ils semblaient menacer, ni les Provinces-Unies représentées sous la figure d'un lion, comme l'avait fait Kærius, auteur d'ailleurs digne d'attention. »

Ainsi, en considérant les œuvres cartographiques depuis le XIVe siècle, nous pourrons constater l'absolue vérité de l'assertion de Malte-Brun.

La carte Pisane, datant du siècle qui a précédé toutes les découvertes, porte, avec des caractères d'écriture assez semblables à celles du XVIe, toutes les méthodes cartographiques, mentionnées plus haut, et dont nous ne trouvons pas trace dans notre *Portulan*.

Les monstres marins y brillent de l'éclat des plus belles couleurs : l'or et l'argent n'y font point défaut. Sur la planche 172 de la Bibliothèque nationale, les différentes nationalités, ou plutôt les différentes races, sont indiquées au moyen de plusieurs figures d'hommes, revêtus des insignes de la souveraineté et placés dans la contrée que leurs semblables ou leurs sujets habitaient alors. Sur la planche 171, c'est au moyen des blasons des maisons régnantes, sur la planche 163, au moyen de drapeaux aux couleurs nationales, que les cartographes ont atteint le même but; et nous voyons l'hydrographie, à ses débuts, se mêler à la géographie politique.

Nous sommes sûrs d'avoir sous les yeux un atlas de la première moitié du XVIe siècle et nous ne pouvons douter qu'il ne porte, au point de vue de la science, tous les caractères que Malte-Brun reconnaît plus haut aux travaux de la fin du XVIIe siècle. Cette contradiction ressort de l'étude du texte, de même que du système cartographique : une sobriété toute scientifique a présidé au tracé de ces cartes.

Plusieurs d'entre elles portent, sur deux lignes qui se coupent perpendiculairement au centre, l'indication des latitudes et des longitudes : il n'y a donc ainsi qu'un seul méridien et qu'un seul parallèle tracés [1]; sur d'autres, ces indications manquent complétement. Mais, pour diriger les

1. Joannis de Sacrobosco, vulgo Jean de Holywood (*Tractatus de Sphæra Mundi*), détermine la limite séparative des sept climats au moyen de sept parallèles. Le premier climat, ou commencement de la zone habitable, 12°,45′; deuxième climat, 20°,30′;

navigateurs, il y a, sur toutes, un système de boussoles très-complet : les rumbs de vents, prolongés jusqu'au cadre, forment une sorte de réseau qui couvre toute la feuille (tel était le procédé de l'époque); et, dans chaque lieu où se trouvait le marin, ces roses des vents lui indiquaient la ligne qu'il devait suivre pour atteindre le but de son voyage.

Depuis le xviii⁰ siècle, on a cependant abandonné cette méthode qui n'offrait guère d'avantages sérieux, car ces lignes faisaient double emploi avec la boussole, et n'indiquaient que le droit chemin sur une mer plutôt idéale que réelle (les courants, etc., n'y étant pas indiqués).

La science contemporaine a pris pour devise « à la fois simple dans la forme et complet quant au fond ». Pour voir moins de lignes sur une carte moderne, le marin y trouve pourtant bien plus de renseignements que sur celle du xvi⁰ siècle où les rares indications pratiques disparaissent presque entièrement sous une couche épaisse de lignes théoriques[1].

troisième climat, 27°,30′; quatrième climat, 38°,40′; cinquième climat, 39°,0′; sixième climat, 43°,30′; septième climat, 47°,51′; fin des climats de la zone habitable de la terre, 50°,30′.

L'intensité de la chaleur en deçà du premier climat et la rigueur du froid au delà du septième étaient considérées comme rendant impossible l'habitation de l'homme.

1. Voir les *Monuments de la Géographie*, ou *Recueil d'anciennes cartes européennes et orientales*, accompagnées de sphères

4

terrestres et célestes, de mappemondes, etc., publiées en fac-simile de la grandeur des originaux par M. Jomard. Nous avons consulté cet ouvrage dans la belle collection de travaux cartographiques appartenant à M. le baron de Watteville. Le lecteur trouvera dans cette œuvre remarquable les différentes méthodes cartographiques dans leur ordre chronologique et il suivra à la fois les progrès et l'unification des systèmes employés par les nations qui s'occupaient de navigation.

DE LA VALEUR ARTISTIQUE

DE

L'ORNEMENTATION

VALEUR ARTISTIQUE DE L'ORNEMENTATION

UCUNE des planches n'étant signée, il est difficile d'être absolument affirmatif sur l'artiste qui les a ornées. Nous croyons pourtant reconnaître le pinceau, le coloris brillant, la science tout entière, bref le cachet particulier de Jules Clovio.

Nous constatons, non sans surprise, la fraîcheur incomparable des couleurs que plus de trois siècles n'ont pu ternir, et dont l'harmonie est aujourd'hui aussi parfaite qu'elle a pu l'être lorsque ces miniatures sortirent des ateliers du maître.

Les planches sont divisées en deux parties afin de s'adapter à des pages in-8°. La première feuille (côté gauche) contient, outre le portrait de Charles-Quint, remarquable comme dessin, le médaillon allégorique et la légende mentionnée dans notre premier paragraphe. Les coins sont décorés des faisceaux de flammes et d'éclairs que nous retrouvons, sur la troisième planche, entre les mains de Jupiter Tonnant et sur plusieurs autres cartes.

En regard des deux médaillons et de la légende du côté gauche de la première feuille nous voyons, sur le côté droit, les armes de Castille et d'Aragon entre deux bornes de marbre à têtes humaines, qu'une teinte rose, colorant la figure, semble vivifier.

La deuxième planche porte un zodiaque sur fond passant du blanc au rouge intense. Sur ce fond, le pinceau léger de l'artiste a tracé des centaines de têtes d'anges, remplissant de leurs visages presque microscopiques ce qui, dans la pensée allégorique du peintre, représente l'immensité des cieux. — Dans le même ordre d'idées, il nous faut mentionner les dessins naïfs et pourtant si poétiquement raisonnés du cadre de cette planche; car, si le zodiaque nage dans une mer de feu céleste, les trois autres éléments se trouvent indiqués par les êtres qui les habitent. Ainsi les oiseaux et les brillants papillons qui peuplent les airs, les poissons et autres animaux marins qui vivent dans les eaux, les fruits et les fleurs, produits de la terre, forment un cadre charmant, aussi remarquable par l'exécution qu'intéressant par l'idée qui résumait en quatre *mots* tout cet ensemble complexe d'éléments que la science moderne a pris à la poésie pour les mettre au service de l'humanité.

La troisième planche a donné à l'antique Jupiter (qui, dans son nuage olympien, trône à côté d'un calendrier tout moderne) un cadre fort curieux. Il se compose de tous les instruments astronomiques et mathématiques que la science arabe avait légués à la civilisation chrétienne du moyen âge; les astrolabes, dont l'invention remonte, d'après les travaux de M. Sédillot[1] au xᵉ siècle, furent mécaniquement reproduits au xviᵉ et, plus tard encore sans qu'aucun perfectionnement y fût apporté. En parlant de la série d'objets astronomiques de la collection Spitzer, nous pourrons entrer dans les détails sur les objets si artistement groupés dans le cadre de notre troisième planche, depuis le simple triangle avec son fil à plomb, jusqu'à l'armillaire, le globe terrestre, le sablier, le compas. Au milieu de ces éléments d'étude, le glaive et le bouclier paraissent devoir indiquer que le savant était forcé de conquérir la vérité à la pointe de l'épée; le faisceau du licteur, au service du maître tout-puissant, répandant à la fois « les rayons de lumière et la peur » indique la vigilance de l'autorité absolue qui voulait régler la marche de la science. Enfin les résultats pratiques, les témoins des civilisations, nous les trouvons dans quatre médaillons avec les souvenirs de la grandeur passée (les ruines imposantes du Colisée) et les monuments dans le style de l'époque.

---

1. *Mémoire sur les instruments astronomiques des Arabes*, par M. L.-Am. Sédillot, professeur au Collège de France. Paris, 1841.

Résumons, en quelques mots, notre appréciation des autres cadres.

Les portraits d'hommes célèbres qui se détachent sur leurs fonds d'or comme autant de médailles; les figures allégoriques de délicieux enfants jouant avec des animaux fabuleux; les arabesques enlaçant comme des lianes des anges ailés et des êtres nés dans l'imagination exubérante du peintre; les chars antiques attelés de chevaux fougueux; les vaisseaux, depuis la galère jusqu'au fier voilier, sillonnant une mer à horizon lointain; les gracieux paysages, les ports, les temples et les pyramides qui paraissent en relief comme autant de camées; les symboles de la puissance des Césars et celles des rois chrétiens; les armes des temps anciens et celles de l'époque groupées en belles panoplies, tous ces éléments décoratifs forment un ensemble d'un goût parfait malgré leur variété infinie.

La richesse des couleurs y est très-grande; mais, distribuées avec une science éclairée, elles donnent un charme incomparable à ces allégories à la fois historiques (car elles remontent à des temps très-reculés), ethnographiques (car elles se rattachent à plusieurs civilisations) et artistiques (car elles portent le cachet du maître).

 A forme ovale de la mappemonde, que nous constatons sur la quatrième planche du *Portulan*, se retrouve sur un grand nombre de mappemondes du xvᵉ, du xviᵉ et du xviiᵉ siècle.

Cette forme même marque un progrès, car, à la Bibliothèque nationale, nous avons trouvé, sous le n° 131, une mappemonde d'une exécution des plus soignées, en forme de quadrilatère dont les angles obtus marquent les pôles et les angles aigus les points extrêmes de l'équateur qui sont censés se toucher.

Une mappemonde que l'on peut comparer à la première planche de notre *Portulan* est celle de Jacobus Castaldus Pedemont. « *Cosmogr. apud Venetos.* »

L'auteur a, comme la plupart des géographes de ces époques, la plus haute opinion de son œuvre.

Il est dit : « Universalis exactissima atque non recens modo verum et recentioribus nominibus totius orbis insignata descriptio : quo nomine studiosis omnibus non tam utilis quam maxime necessaria. »

Cependant Pedemont est resté en arrière de l'auteur de notre *Portulan*, car les monstres marins et les bâtiments sillonnent ses mers, et au milieu de l'Amérique tropicale nous voyons un ours couvrant la surface de plusieurs provinces brésiliennes. Cela est d'autant plus singulier qu'il connaît déjà vaguement l'existence de terres australes dont notre ouvrage ne fait aucune mention. En effet, nous trouvons au S.-E du cap de Bonne-Espérance l'inscription suivante :

« Terra hæc Australis nondum explorata est, ex multorum tamen fide dignorum relatu constat eam distare 350 millia passuum a promontorio Bonæ-Spei[1]. »

Nous retrouvons, sur cette mappemonde, les têtes d'Éole, et comme dans notre atlas, elles semblent, par leur souffle, vouloir maintenir le globe terrestre dans le ciel chargé de nuages. Transcrivons ici leurs noms recueillis dans l'ouvrage de Pedemont : *Septentrio*, Aquilo, Cæcias; *Oriens*, Vulturnus, Syrocus; *Meridies*, Libonotus, Africus; *Occidens*, Corus, Circius.

---

[1]. Ces renseignements à la fois vagues et affirmatifs, qui sont l'expression des idées qui naissent et prennent corps, parfois avant que le fait qu'ils annoncent ne soit avéré, sont assez fréquents à la fin de ce xv° siècle que tant d'étonnantes découvertes ont illustré ; ainsi sur un globe trouvé dans la succession du chanoine de l'Ecuy, on lit sur la côte occidentale d'Amérique du sud-sud-ouest au nord-nord-est l'inscription suivante : *Hæc littora nondum sunt cognita.*

Nous avons également consulté la curieuse mappemonde de C. Vischer. Elle date de 1669 et ses vingt superbes planches, gravées sur cuivre, frappent autant par la beauté de l'exécution que par leur caractère plutôt artistique que scientifique. Ce n'est pas seulement dans le cadre, c'est au milieu des cartes que l'imagination du dessinateur a placé des figures allégoriques.

Le titre promet pourtant un travail absolument sérieux; voici cette légende :

« Novissima ac exactissima totius orbis terrarum descriptio magna; cura et industria ex optimis quibusque tabulis geographicis et hydrographicis nuperrimisque doctorum virorum observationibus duobus planispheris delineata, auctore C. Vischer. »

Quel singulier anachronisme lorsque, après cette promesse, nous voyons dans un coin de la carte, Noé, ses femmes et ses trois fils, ces derniers en bottes à l'écuyère; dans un autre coin, Adam, au milieu de toutes sortes d'animaux, nu et tenant un sceptre à la main; ailleurs, Ève, et plus loin, les tribus qui, après l'interruption des travaux de la Tour de Babel, se mettent en marche pour entreprendre leur migration.

Le cadre se compose d'une série de vignettes charmantes : l'homme vivant de chasse, le nomade au milieu de ses troupeaux, l'agriculteur, tous y sont représentés dans une succession très-variée de compositions qu'on était convenu d'appeler amusantes et instructives.

Mais l'art empiète tout à fait sur le domaine de la science par l'application des anciens procédés cartographiques : dans les mers, nous voyons des Neptunes traînés sur des chars superbes, des monstres marins à large gueule, des navires à voiles et même une bataille navale ! Tout cela n'est plus même de l'imagination artistique, c'est de la fantaisie. Ainsi, sur le continent de l'Amérique septentrionale, nous remarquons, entre les portraits de Christophe Colomb et d'Amerigo Vespucci, un hémisphère occidental de 5 centimètres de diamètre, avec une légende en honneur du navigateur et du géographe.

———————————

Qu'il nous soit encore permis de dire un mot sur la nomenclature géographique que le lecteur trouvera sur les onze planches qui constituent le *Portulan*.

L'orthographe des noms avec ses abréviations capricieuses, qui remplacent des mots par des lettres et des lettres par des signes assez semblables à des accents ; le latin du moyen âge, qui, pour les indications de vastes contrées, se mêle à l'espagnol, qui sert à désigner les villes, les chaînes de montagnes et quelques cours d'eau ; toutes ces particularités nous avaient tout d'abord inspiré l'idée de transcrire soigneusement le texte des cartes.

Cependant, quelque utile que soit d'ordinaire une restitution paléographique, nous n'en avons pas reconnu l'utilité dans le cas présent. Les chefs-d'œuvre calligraphiques que nous avons là sous les yeux sont dans un si parfait état de conservation, que la lecture en est facile pour tous ceux qui prennent intérêt à la science et à son histoire, c'est-à-dire à l'histoire du développement de l'esprit humain.

TABLE DES MATIÈRES

MANSUY

PHOTOGRAPHE DE LA VILLE DE PARIS

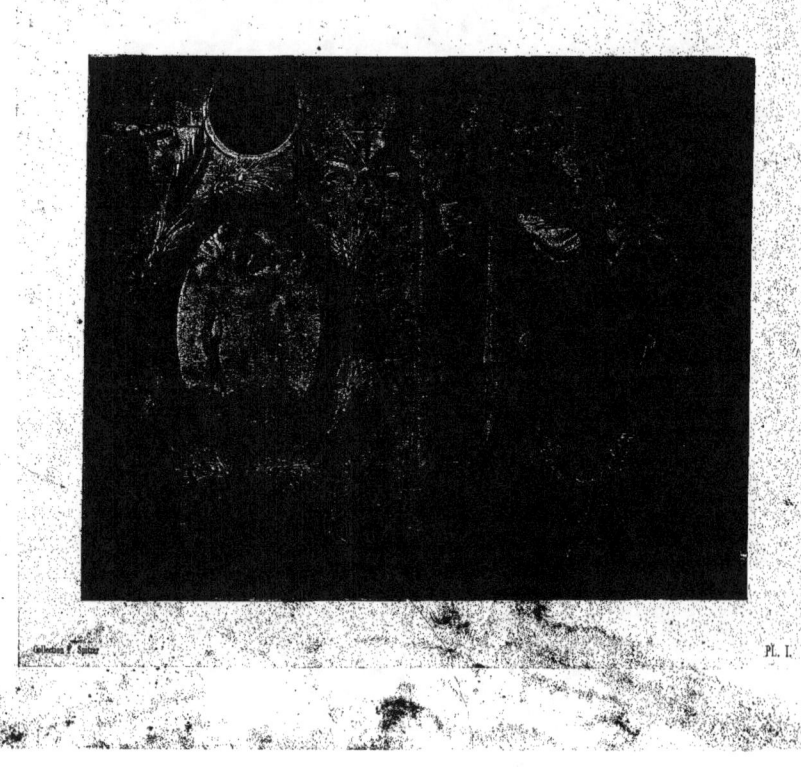

Pl. I.

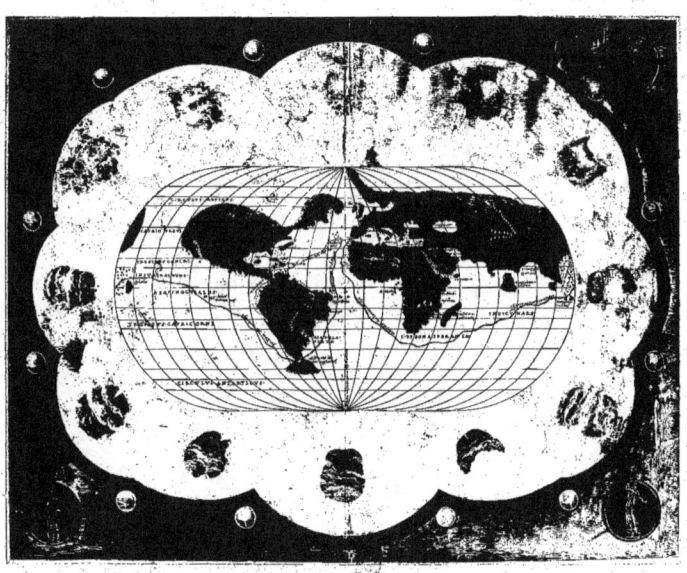

PL. IV.

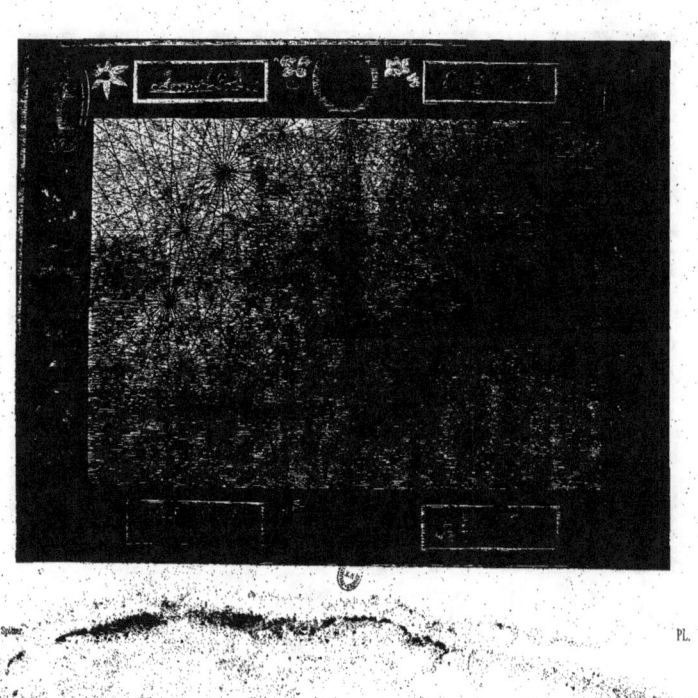

PL. V.

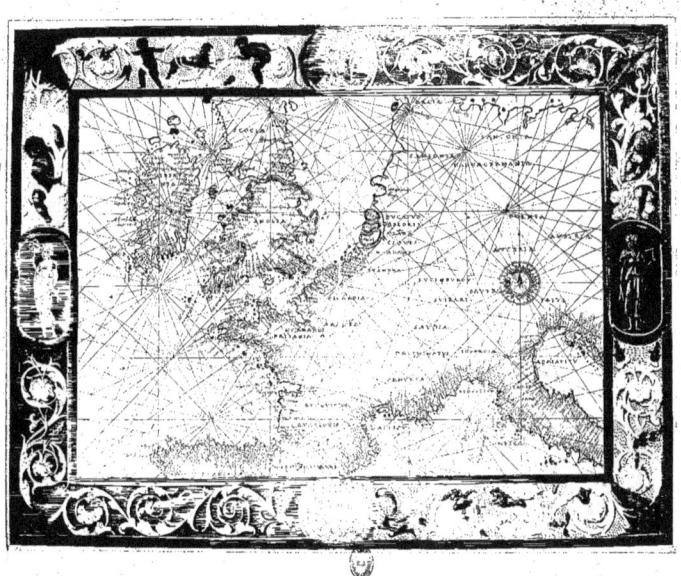

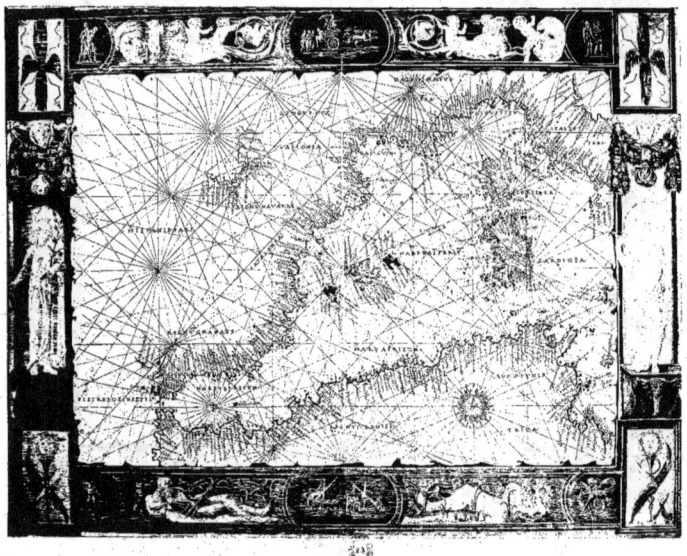

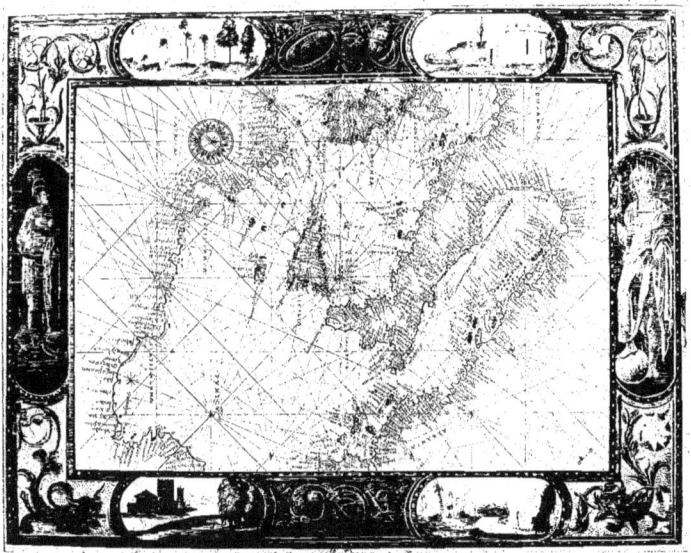

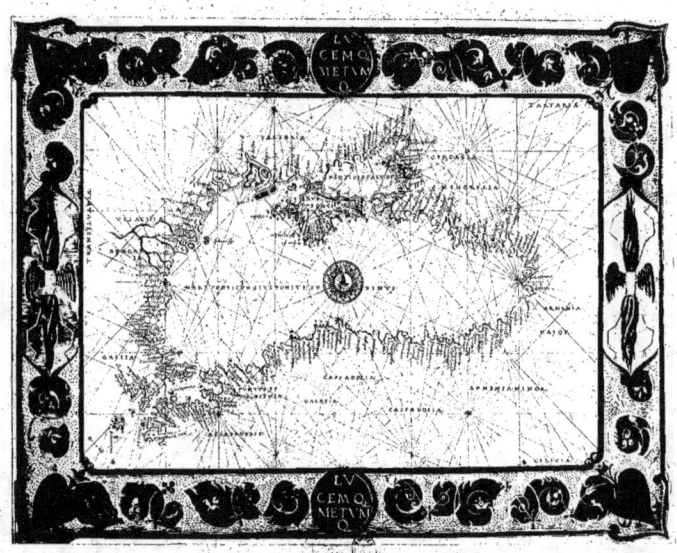

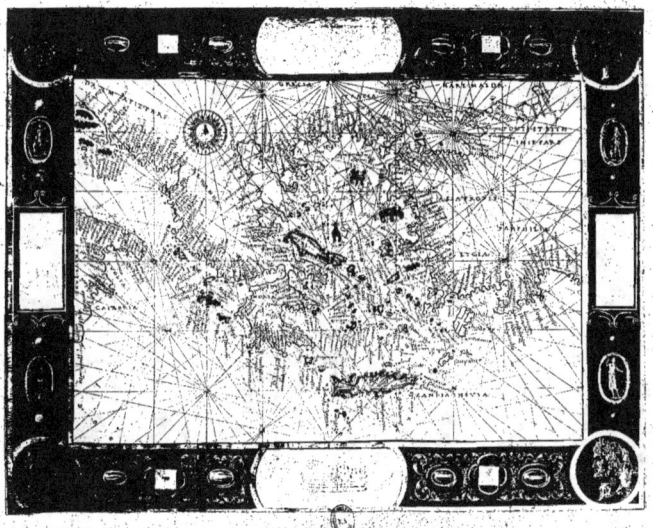

Pl. X.

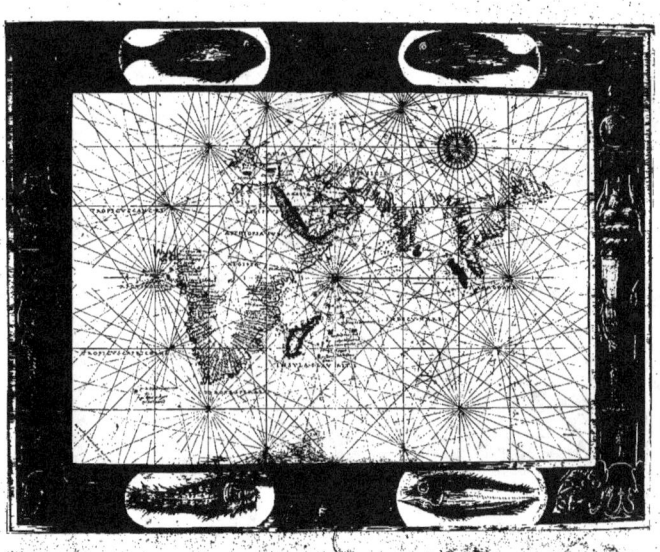

PL. XII.

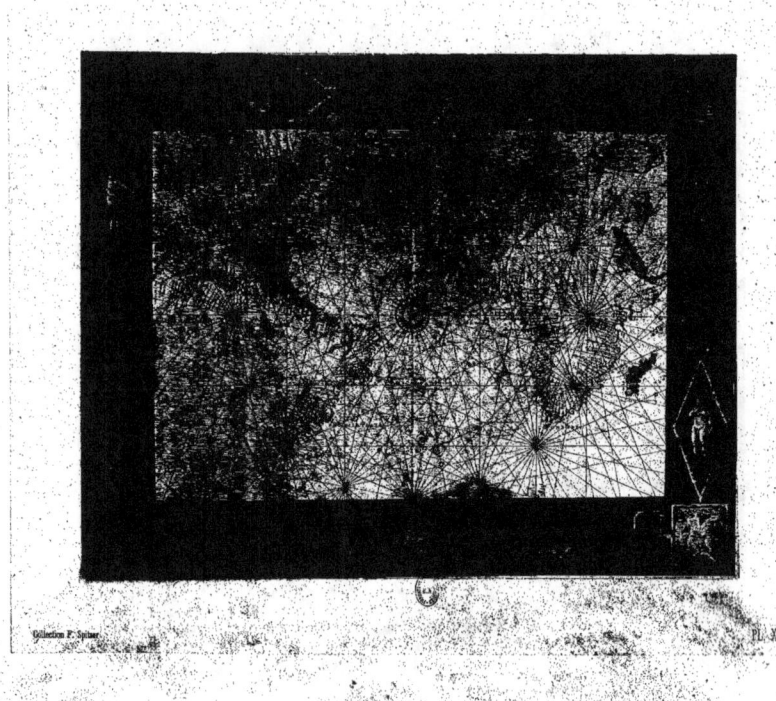

Pl. XIII.